SOKAL

Inspektor Canardo

Eine schöne Flasche

Ein Comic-Klassiker
im Carlsen Verlag

In der EDITION COMIC ART liegen in der Reihe
Ein Fall für Inspektor Canardo bereits vor:
Der aufrechte Hund
Das Zeichen des Rasputin
Ein schöner Tod
Saat des Schreckens
Weiße Vögel sterben leise

CARLSEN CLASSICS
Lektorat: Andreas C. Knigge
1. Auflage 1987
© Carlsen Verlag GmbH · Reinbek bei Hamburg 1987
Aus dem Holländischen von Peter Müller
VAN NIKSDOEN KRIJG JE DORST
Copyright © 1985 by Casterman, Tournai
Lettering: Klaus Meyer
Alle deutschen Rechte vorbehalten
05038701 · ISBN 3-551-02924-5 · Bestellnummer 02924

JA, LEUTE ... WENN ICH SO AN FRÜHER ZURÜCKDENKE ...

MEINE ERSTEN FÄLLE ... ICH WAR NOCH VOLLER EIFER UND IDEALISMUS ...

NEHMEN WIR ZUM BEISPIEL DIE SACHE MIT KAROLINE ...

INSPEKTOR CANARDO IN:

DER FALL KAROLINE

BENOÎT SOKAL

ALLES BEGANN MIT DEM PLÖTZLICHEN TOD DES HUHNS KAROLINE ...

MANN! DIE HABEN SIE FERTIGGEMACHT!

SIE HAT SICH BEWEGT ... SIE LEBT NOCH!

NUR DIE LETZTEN ZUCKUNGEN ... SIE WAR SCHON IMMER NERVÖS!

WEG DA, GESINDEL! IHR HABT HIER NICHTS ZU SUCHEN!

POLIZEI ... ICH ÜBERNEHME DEN FALL!

SO, SO ... DOPPELTER SCHÄDELBRUCH, GESPLITTERTE HALSWIRBEL, EINGEDRÜCKTER BRUSTKORB MIT PERFORATION DES LINKEN LUNGENFLÜGELS, DIE LEBER UND DIE RECHTE LUNGE SIND VÖLLIG ZERFETZT ... AUCH DIE KRALLEN SIND AN MEHREREN STELLEN GEBROCHEN ... VERMUTE, SIE IST IHREN VERLETZUNGEN ERLEGEN ...

WER STELLT SICH ALS ZEUGE ZUR VERFÜGUNG?

KEINE ZEIT! MEINE EIER WERDEN KALT!

MUSS MICH DRINGEND IM SCHLAMM SUHLEN!

VERSTEHE... SIE HABEN ANGST, WAS ZU SAGEN! ABER KEINE SORGE, GLEICH KRIEG' ICH BESTIMMT DAS ÜBLICHE DISKRETE BRIEFCHEN: "WENN SIE NÄHERES WISSEN WOLLEN, KOMMEN SIE UM 8 UHR ZUM SCHWEINESTALL..."

NA, WAS HAB' ICH GESAGT...?

MIST, DAS IST DER ANDERE BRIEF...

MISSBILLIGEN LIEBER NICHT EIN FREMDER! EIN FREUND

VIELLEICHT GIBT MIR DAS WURFGESCHOSS EINEN HINWEIS AUF DIE IDENTITÄT DES ANONYMEN BRIEFESCHREIBERS... ES IST EINDEUTIG EIN HÜHNEREI...

HMM... DAS KANN DOCH NICHT SO SCHWER SEIN...

TRARAAA

ABER JAAA!

DAS IST ES!!!

DIE BOTSCHAFT KOMMT VON EINEM HUHN!

HEUTE ABEND SCHAU' ICH MICH IM HÜHNERSTALL UM...

ABENDS BEIM HÜHNERSTALL...

HOFFENTLICH IST FREDDO DA...

SAUBLÖDES GEWÄSCH... BRINGT MICH KEINEN SCHRITT WEITER!

...UND DIE FRÜH-KINDLICHE MUTTER-VATER-FIXIERUNG KANN SICH AUF DIE PSYCHE EINER HERAN-WACHSENDEN ...

VERGISS ES, SCHÄTZCHEN! CIAO!

ALS ICH FREDDOS KASCHEMME VERLIESS, KAMEN SIE MIR ENTGEGEN...

WEISST DU, WAS WIR IN DIESER GEGEND MIT SCHNÜFFLERN MACHEN?

KLIK!

PASST BLOSS AUF! ICH KANN MIKADO!

KIAI!

VERDAMMTER MIST! IST JETZT BALD RUHE DA UNTEN?

WAS IST DENN, WILLI?

ACH, DIESE BESCHEUERTE ENTE MACHT BEIM HÜHNERSTALL RABATZ! DIE HÄTTE ICH ÜBERFAHREN SOLLEN - NICHT KAROLINE!

DAS WAR'S ALSO... DER BOSS GANZ OBEN HAT EINEN FEHLER GEMACHT! VERGESSEN WIR DIE ANGELEGENHEIT...

ICH WERD' MICH IN NÄCHSTER ZEIT SCHÖN ZURÜCKHALTEN... SONST LANDE ICH DOCH NOCH IRGENDWANN AUF DEM MISTHAUFEN!

CIAO!

CANARDO
(ANGEBLICH BELGISCHE SCHULE)

ICH HOL' DIR JA SCHON DEIN SPIELZEUG! HAUPTSACHE, DU HÖRST AUF ZU SCHREIEN, SCHMIERIGER, KLEINER BASTARD!

UUÄÄÄH! MEIN HOLZENTCHEN!

TEMPO, JUNGS, SCHWINGT DIE KRÜCKEN!

BRRR...BEI DIESEM WETTER NACH DRAUSSEN! 'NE TRACHT PRÜGEL VERDIENT DER KLEINE! ABER MEINE FRAU...

ZIEH DICH WARM AN!

WENN ICH DAS SPIELDINGS NICHT FINDE, MACH' ICH HEUT' NACHT KEIN AUGE ZU!

WÄHRENDDESSEN, NUR EINIGE METER ENTFERNT...

GLEICH IST ES SOWEIT ...ENDLICH... NUR NOCH MINUTEN...

ZZZZZZ
POF
KLANG

KRAAK

ES KLAPPT... ER BEWEGT SICH!

ES WAR EINFACHER, ALS ICH DACHTE!

7

DIESMAL ENTKOMMST DU MEINER RACHE NICHT, CANARDO! HÄHÄHÄHÄ!

LOS, FRANKARDO! MACH DEINE SACHE GUT!

DIE WELT SOLL ENDLICH SEHEN, DASS ICH EIN WAHRHAFTIGES GENIE BIN!

MIT FINSTEREM BLICK STAPFT DAS FURCHTERREGENDE ROBOT-MONSTER PROFESSOR X IN RICHTUNG HÜHNERSTALL ...

MEIN EI! ER HAT ES ZERTRETEN!

KRAACKS

HILFE! HALTET DEN MÖRDER!

DA SIND WIR SCHON!

ES WAR CANARDO! ICH HAB' IHN ERKANNT!

RUHIG BLUT, TRUDEL! WIR RÄCHEN DEIN EI!

KOMMT! ICH KANN MIR DENKEN, WO ER STECKT!

CANARDO MUSS HÄNGEN!

KOMM RAUS, CANARDO! DU SITZT WIE EINE RATTE IN DER FALLE!

?

EIN SCHÖNES WIEDERSEHEN, WAS, CANARDO?

*SIEHE "CANARDO GEGEN PROFESSOR X" (LEIDER NIE ERSCHIENEN)

*SIEHE "DIE PROFESSOR X-CONNECTION" (LEIDER NIE ERSCHIENEN)

SIEHE "DER FALL FRANKARDO" (LEIDER [E]RSCHIENEN - LESEN SIE GERADE)

[S]IEHE DEN ANFANG DER GESCHICHTE (NOCH GAR NICHT LANGE HER)

DIESES SPIELZEUG IST ZU GE-FÄHRLICH FÜR DEN KLEINEN! ICH ZERHACKE ES LIEBER ZU BRENNHOLZ...UND DER JUNIOR KRIEGT EINE GUMMIENTE!

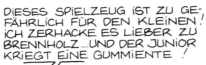

PUH!...DAS WAR MEINE RETTUNG!

RETTUNG?HÄHÄ!DENKSTE! MIT FRANKARDO ZERSTÖRT DER BAUER DEN EINZIGEN BEWEIS DEINER UNSCHULD! DIE HÜHNER WERDEN SICH AN DIR RÄCHEN WOLLEN!

ER HAT RECHT... ICH VERZIEHE MICH LIEBER, BIS GRAS ÜBER DIE SACHE GEWACHSEN IST!

ZUM GLÜCK HABE ICH EIN VER-STECK, DAS KEINER KENNT!

ERST MAL DAISY ANRU-FEN! SIE SOLL MIR GE-SELLSCHAFT LEISTEN!

HALLO...? HIER CANARDO!ICH...

LASS MICH BLOSS ZUFRIEDEN! ICH BUM-SE DOCH NICHT MIT EINEM MÖRDER! DU HAST NOCH GLÜCK, DASS ICH DICH NICHT AN DIE HÜHNER VER-RATE!UND S EINEM HABE ICH DIE BE-STEN JAHRE MEINES LE-BENS...

ALLE LASSEN SIE MICH IM STICH! FORTAN WIRD DIE EIN-SAMKEIT MEIN SCHICK-SAL SEIN!

EINIGE TAGE SPÄTER...

WAS? DEIN SPIELZEUG IST SCHON WIEDER WEG?

BUAAH BUUH

EINE SCHANDE! DIE SCHÖNE NEUE GUMMIENTE!

IMMER NOCH BESSER ALS MIT DER HAND...

HAB' ICH'S MIR DOCH GEDACHT... DER FALL IST SO GUT WIE GELÖST, BULLDOG!

PETERSILIE! DER MÖRDER HÄLT SICH ALSO OFT IM GEMÜSEGARTEN AUF! NACH DER TAT HAT ER EIN BUND PETERSILIE IM OHR SEINES OPFERS VERGESSEN!

UND... WER HAT KÜRZLICH IM GEMÜSEGARTEN QUARTIER BEZOGEN?

ULRICH... ULRICH DER HASE! EIN AUSLÄNDER! DAS ISSER! DAS IST DER TÄTER!

ACH, CANARDO... WENN WIR DICH NICHT HÄTTEN...

SCHON GUT, BULLDOG! VERHAFTEN WIR IHN, BEVOR UNS JEMAND ZUVORKOMMT!

DA IST ER! WIE GESCHICKT ER SICH VERSTELLEN KANN, DIESER ZYNISCHE, EISKALTE MÖRDER... DIESE REISSENDE BESTIE!

LASS DEN SALAT FALLEN, ULRICH! UND KEINE FALSCHE BEWEGUNG!

ALLES, WAS DU SAGST, KANN GEGEN DICH VERWENDET WERDEN!

?

ICH WERDE DIR EWIG DANKBAR SEIN, CANARDO!

DAFÜR NICHT, BULLDOG! ABER VERGISS NICHT DEN UMSCHLAG!

ICH BIN UNSCHULDIG!

KLICK

NA GUT, NA GUT... DA HAST DU FREIKARTEN FÜR DEN SCHAUPROZESS MORGEN!

DU BIST ZU GROSSZÜGIG, BULLDOG!

ES WIRD ZEIT ... KOMMT ...

AAAA... DA IST ER!

POTZTEUFEL! DA ZWISCHEN DEN HÜHNERN... DAS IST DOCH DER HASE, DER MIR IMMER DEN SALAT WEGFRISST!

DAFÜR ZAHLST DU, LANGOHRIGER SCHMAROTZER!

PANG

URRKS

SIE HABEN EINEN SELBSTMORD VORGETÄUSCHT! DAS IST SICHER CANARDOS WERK! DIESER BÜTTEL DES POLIZEI-STAATS!

OHO! DAS GEHT GEGEN MICH! SOLLTE BESSER VERSCHWIN-DEN...

WENN SIE MICH KRIE-GEN, LYNCHEN SIE MICH!

BUUH! TÖTET IHN!

AAAH... ICH STOLPERE!

AAAH... ICH FALLE!

AAAH... ICH ER-TRINKE!

TOCK

PLATSCH

ER IST IN DIE JAUCHE-GRUBE GEFALLEN! EINE GE-RECHTE STRAFE! SICHER IST ER ERTRUNKEN!

IST CANARDO WIRK-LICH TOT? VIELLEICHT ERFAHREN SIE ES, WENN SIE DIE NÄCHSTE GESCHICHTE LESEN:

14

SOKAL·78

OOOOH... MEIN KOPF...

HABE ICH RICHTIG GEHÖRT? SIND SIE WIRKLICH DER BERÜHMTE INSPEKTOR CANARDO?

W... WER SIND SIE?

KLARA! MEIN NAME SAGT IHNEN NATÜRLICH NICHTS!... ABER ICH BIN FROH, DASS ICH SIE GETROFFEN HABE!

DU KOMMST ZU SPÄT, PUPPE! CANARDO IST FERTIG... HINÜBER ... TOTE HOSE! ICH WÜRD' JA INS WASSER GEHEN, ABER ICH BLEIBE IMMER OBEN...

ALLE HABEN SIE MICH ABGESCHRIEBEN!

ABER ICH BRAUCHE SIE! BITTE HELFEN SIE MIR!

FALLS SIE ÄRGER HABEN ... DAFÜR GIBT'S DIE BULLEREI!

DENEN VERTRAUE ICH NICHT! NUR SIE KÖNNEN MIR HELFEN!

JA, SIE... SIE SIND SO STARK ... SO SELBSTSICHER ...

ALSO GUT... ERZÄHLEN SIE ...

AM NÄCH-
STEN TAG
GEGEN
18.00 UHR...

HALLO, FRITZ...

ACH, DU, CANARDO! 'HAB' ICH MICH VER-JAGT!

DEINE REISE IST HIER ZU ENDE, FRITZ!

SEI DOCH NICHT SO DUMM, CANARDO!

DU HAST DICH WIE EIN ANFÄNGER EINSPANNEN LASSEN! MAN HAT DICH BEAUFTRAGT, MICH ZU ERLEDI-GEN, DAMIT DIE RATTEN DIE HERR-SCHAFT AUF DEM HOF ÜBER-NEHMEN KÖN-NEN!

SIE HABEN DICH GELINKT! VOR ALLEM KLARA...

BANG BANG

DU HÄTTEST NICHT VON KLARA ANFANGEN SOLLEN, FRITZ... NICHT VON KLARA!

DA iST ER ...DAS DRECKSCHWEIN ! HAT GUT GEKÄMPFT !

TOT?

KEIN ZWEIFEL, MEINE LIEBE

KOMM... GEHEN WIR...

WAS HAST DU DENN, KLARA?

ACH, NICHTS... GAR NICHTS... MIR iST NUR ETWAS ZIGARETTENRAUCH iNS AUGE GEKOMMEN...

SOKAL-78

SIE TRINKEN ZUVIEL, CANARDO! DAS IST NICHT GUT FÜR SIE ...

PROFESSOR, SO EINE FLASCHE HAT MIR IN MEINEM LETZTEN ABENTEUER DAS LEBEN GERETTET, INDEM SIE EINE KUGEL ABFING!

?

ICH HATTE SIE VORSICHTSHALBER MIT ROTWEIN GEFÜLLT! ALS MIR DANN DIE ROTE FLÜSSIGKEIT ÜBER DAS GEFIEDER FLOSS, DACHTEN MEINE FEINDE, ES WÄRE BLUT... UND HIELTEN MICH FÜR TOT!

PFFFT... ERZÄHL MIR NOCH EINEN!

SCHÖN, SCHÖN! ABER JETZT WIEDER ZUR SACHE! OFFIZIELL SIND SIE HIER, UM DIE PSYCHISCHEN SCHÄDEN, DIE SIE BEI IHREM LETZTEN ABENTEUER DAVONGETRAGEN HABEN, AUSZUKURIEREN ...

ZUR SACHE, PROFESSOR!

BIN SCHON DABEI! SEIT EINIGER ZEIT SCHMUGGELT EINER UNSERER ... ÄH ... "GÄSTE" SCHRIFTSTÜCKE NACH DRAUSSEN, DEREN BRISANTER INHALT RECHT UND ORDNUNG GEFÄHRDEN KÖNNTE!

DA! LESEN SIE SELBST!

DAS ... DAS SIND JA LIEBESBRIEFE!

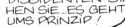

SPIELT DOCH KEINE ROLLE! DIE LEUTE DRAUSSEN LESEN ALLES, SOLANGE ES VON DISSIDENTEN STAMMT... VERSTEHEN SIE...ES GEHT UMS PRINZIP!

ABER WENN SIE DEN SCHULDIGEN KENNEN... WARUM VERBIETEN SIE IHM DAS SCHREIBEN NICHT?

HMM...

WIR LASSEN IHN GEWÄHREN, UM DIE PERSON ZU ERMITTELN, DIE DIE MANUSKRIPTE AUS DEM INSTITUT SCHMUGGELT! DAS MUSS JEMAND VOM PERSONAL SEIN ... DIE PATIENTEN KOMMEN HIER NICHT RAUS!

VERSTEHE!

ICH WARNE SIE, CANARDO! DAS IST IHRE LETZTE CHANCE! ICH HABE GENAUE INSTRUKTIONEN! WENN SIE VERSAGEN... IN DIESER KLINIK GIBT ES GENUG NEUROLEPTIKA, UM SIE FÜR IMMER RUHIGZUSTELLEN!

AUCH DAS VERSTEHE ICH!

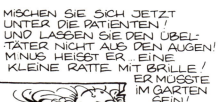

MISCHEN SIE SICH JETZT UNTER DIE PATIENTEN! UND LASSEN SIE DEN ÜBELTÄTER NICHT AUS DEN AUGEN! MINUS HEISST ER ... EINE KLEINE RATTE MIT BRILLE! ER MÜSSTE IM GARTEN SEIN!

ICH SUCHE EINEN GEWISSEN MINUS...

DER SITZT DAHINTEN BEIM BAUM!

22

IST HIER FREI?

JA JA! SETZEN SIE SICH NUR!

SIND SIE NEU HIER?

HM-HM, JA!

KRIEGEN SIE NICHT JETZT IHRE BERUHIGUNGSSPRITZE?

NEIN... ICH KRIEG' KEINE!

ACH, WIE SCHADE!

HÄ? ICH DACHTE, DAS IST GANZ SCHÖN UNANGENEHM?

SCHON! ABER NICHT FÜR MICH!

ICH MAG DAS!

WIESO DAS DENN?

ICH... ICH LIEBE NÄMLICH DIE SCHWESTER, DIE UNS DIE SPRITZEN GIBT! MANCHMAL STELLE ICH MICH SECHSMAL IN DIE SCHLANGE, UM SIE WIEDERZUSEHEN! WEIL WIR NICHT MIT DEM PERSONAL SPRECHEN DÜRFEN, SCHREIBE ICH IHR LANGE BRIEFE... DAMIT ICH NICHT AUFFALLE, STECKE ICH IHR JEDESMAL NUR EINE SEITE ZU...

HEUTE HABE ICH IHR SIEBEN SEITEN GESCHRIEBEN! SIEBEN SEITEN, SIEBEN SPRITZEN! ICH WERDE MEINEN EIGENEN REKORD BRECHEN!

ABER ICH REDE UND REDE, UND ES WIRD ZEIT! BIS SPÄTER VIELLEICHT...

GENAU, MINUS... BIS SPÄTER... VIELLEICHT!

DANN SIND WIR UNS ALSO EINIG, HERR CANARDO...

IHRE AUFGABE IST JA AUCH EINFACH: SIE SIND FÜR DIE SICHERHEIT VON HERRN HAIG WÄHREND SEINES TÄGLICHEN... ÄH... SPAZIERGANGS VERANTWORTLICH! SEINE BETREUERIN, FRÄULEIN COLUMBIA, BEGLEITET SIE!

MEINST DU, ER SCHAFFT ES, IRVING?

ES WAR KEIN BESSERER LEIBWÄCHTER AUFZUTREIBEN, SIR!

IST ER SAUBER?

WIR HABEN IHN NACH IHREN ANORDNUNGEN DESINFIZIEREN LASSEN!

AUSSERDEM IST ER EINE SEHR SOLIDE PERSON! KEIN TABAK, KEIN ALKOHOL, KEINE...

DANN LOS! IST AUCH WIRKLICH SCHÖNES WETTER, IRVING?

SONNENSCHEIN, SIR... SONNENSCHEIN!

ES IST SOWEIT, CANARDO! ER WARTET AM STRAND AUF SIE!

AH! NOCH ETWAS: WUNDERN SIE SICH NICHT ÜBER DAS SELTSAME VERHALTEN DER KRANKENSCHWESTER! BEVOR SIE IN MISTER HAIGS DIENSTE TRAT, HATTE SIE EINEN SCHOCK, WAHRSCHEINLICH HERVORGERUFEN DURCH EINE ÜBERDOSIS! SEITDEM LEIDET SIE AN GEDÄCHTNISSCHWUND!

ICH HOFFE, MIT DIESEM HERRN KLAPPT ES, JOHN!

ABER HALLO! HAHA!

SEIT ES MIT SEINER GEISTESKRANKHEIT LOSGING, HAT HAIG NUR NOCH FEHLER GEMACHT! ER IST ZWAR MILLIARDÄR, ABER SEINE LETZTEN FINANZIELLEN TRANSAKTIONEN WAREN KATASTROPHAL! SEINE FABRIKEN STEHEN AM RANDE DES BANKROTTS! WIR KÖNNEN IHN NICHT MEHR GEWÄHREN LASSEN!

KEINE SORGE, IRVING! DAS IST DER SCHLECHTESTE LEIBWÄCHTER, DEN MAN SICH VORSTELLEN KANN! MIT IHM UND DIESER VERRÜCKTEN COLUMBIA ALS AUFPASSER STIRBT HAIG SICHER NICHT AN ALTERSSCHWÄCHE!

OH! KLARA!

?

KOMMEN SIE NICHT NÄHER, JUNGER MANN! ICH SEH'S IHNEN AN! SIE STECKEN VOLLER KRANKHEITSKEIME!

KLARA? SIE MÜSSEN MICH MIT JEMANDEM VERWECHSELN, HERR CANARDO!

UND ES SCHNEIT! IRVING HAT MIR DOCH ETWAS VON SONNENSCHEIN ERZÄHLT!

ICH HEISSE COLUMBIA...

In der Falle

DAS GELD RAUS, LOS!

ICH KÖNNTE MIT DEM FUSS DEN ALARM AUSLÖSEN... SCHLIMMSTENFALLS SCHIESSEN SIE IN DIE MENGE...

DANN LASSE ICH MICH HINTER DEN SCHALTER FALLEN, ZÄHLE BIS HUNDERT UND KOMME WIEDER HOCH! DIE BANDITEN SIND WEG UND ICH BIN EIN HELD!

DRRIIIING

DRRIIIING

DER ALARM! SCHNELL! AB DURCH DIE MITTE!

EIN PAAR STUNDEN
SPÄTER...

ICH SAG'S IHNEN NOCH MAL: WENN SIE DIE FRAU NICHT SCHNELLSTENS IN EIN KRANKENHAUS BRINGEN, HAT SIE KAUM EINE CHANCE!

DEIN GELD HAST DU... ALSO KÜMMERE DICH UM DEINEN EIGENEN DRECK! UND NOCH EIN GUTER RAT: KEIN WORT DAVON...ZU NIEMANDEM! KLAR?

CANARDO...

ICH KOMME...

ALLES PALETTI, KLARA...DER DOC SAGT, IN ZWEI, DREI WOCHEN BIST DU WIEDER AUF DEN BEINEN...

DU NENNST MICH IMMER KLARA...IRGENDWAS VERBIRGST DU VOR MIR... SAG'S DOCH...ICH BIN SOWIESO AM ENDE...

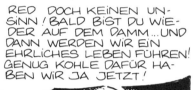

RED DOCH KEINEN UNSINN! BALD BIST DU WIEDER AUF DEM DAMM...UND DANN WERDEN WIR EIN EHRLICHES LEBEN FÜHREN! GENUG KOHLE DAFÜR HABEN WIR JA JETZT!

WIR WERDEN EIN KLEINES WEISSES HAUS HABEN... AUF EINEM HÜGEL... VON EFEU UND WILDEM WEIN UMRANKT... IM GARTEN SPIELEN UNSERE KINDER ... UND ABENDS ERZÄHLST DU IHNEN VON UNSEREN ABENTEUERN ...

HALT'S MAUL, DU SCHWACHKOPF... DU BRINGST MICH NOCH ZUM HEULEN...SOLCHE SPRÜCHE PASSEN NICHT ZU DIR...

BANG

KLING

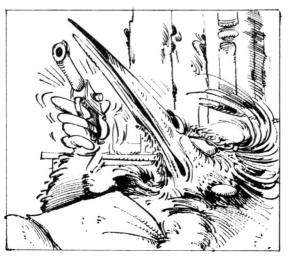

INSPEKTOR CANARDO IN★
Grundreinigung

WENN ICH DIE ZEICHNUNG ETWAS VERÄNDERE, ERKENNT MAN MICH NICHT MEHR...

GESUCHT: CANARDO

ROBOT 78

BELOHNUNG: ZWEI GROSSE PACKUNGEN PERVERSIL

DAS PERVERSIL GEHÖRT UNS!

?

JA! KEINE FALSCHE BEWEGUNG, CANARDO!

LOS! AB ZUR POLIZEI!

VON HAUSFRAUEN ERWISCHT! DIE SCHANDE! DIE SCHANDE!

SCHIEBEN SIE DAS PERVERSIL RÜBER, HERR KOMMISSAR!

...JA...HM, JA...NAJA...

POLIZISTEN: KEINE FLECKEN MEHR AUF EURER WEISSEN WESTE DANK PERVERSIL

JOPI, STECK DIE ENTE HINTER SCHLOSS UND RIEGEL!

JAWOHL, CHEF...WIRD PROMPT ERLEDIGT!

ABER DAS WASCHMITTEL KRIEGT IHR NICHT...DER EINSENDESCHLUSS FÜR CANARDO IST ABGELAUFEN...

WAAS!

BETRÜGER!

DANN RICHTEN WIR IHN SELBER HIN!

WIR HÄNGEN IHN AN DER VORHAUT AUF! DAS SCHMERZT SO SCHÖN!

ICH FRAGE SIE AUF EHRE UND GEWISSEN, MEINE DAMEN...
WÜRDEN SIE DAS LEBEN DIESES ANGEKLAGTEN GEGEN 2 PACKUNGEN DES WASCHMITTELS WASH EINTAUSCHEN?

ZWEI GANZE PACKUNGEN?

KOMMT NICHT IN FRAGE!

UND SEINE OHREN RÖSTEN WIR...

GUT GEWÄHLT, MEINE DAMEN! DAMIT HABEN SIE DREI KARTEN FÜR DIE EXEKUTION DES ANGEKLAGTEN GEWONNEN! DAS ALLES VERDANKEN SIE NUR... WASH!

MARTHA! VERKAUF SCHNELL UNSERE PERVERSIL-AKTIEN UND KAUF DAFÜR WASH-AKTIEN!

SCHÖN, SCHÖN... DAS WORT HAT DER VERTEIDIGER!

PLUPP

MEINE DAMEN... VOR IHNEN STEHT DIE NIEDRIGSTE UND ERBÄRMLICHSTE ALLER KREATUREN!

?

EIN TRUNKENBOLD! DROGENSÜCHTIG! EIN BESTECHLICHER POLIZIST! GEISTIG STARK BEHINDERT! UND DAS SIND NOCH SEINE GUTEN EIGENSCHAFTEN!

ABER EINES KANN ICH IHNEN VERSPRECHEN: PERVERSIL REINIGT ALLES! SOGAR EINE RABENSCHWARZE SEELE WIE DIESE HIER!

BRAVO! GUT GESPROCHEN!

MARTHA! KAUF PERVERSIL-AKTIEN!

SOKAL 78

SO EINE SCHEISSSITUATION! EGAL WIE ICH MICH ENTSCHEIDE - ICH VERLIERE DIE HÄLFTE MEINER WÄHLER!

KEINE GNADE FÜR DIE MÖRDER!

UND IN ZWEI MONATEN SIND WAHLEN! WIR SITZEN GANZ SCHÖN IN DER TINTE!

SCHADE, DASS MAN SIE NICHT IN ZWEI TEILE HACKEN KANN, HERR PRÄSIDENT!

HÜTEN SIE IHRE ZUNGE! SO EINE UNVERSCHÄMTHEIT!

VERZEIHUNG ... ICH...

ICH KANN DOCH TOBI NICHT BEGNADIGEN! DER BURSCHE HAT UNZÄHLIGE RAUBÜBERFÄLLE, ENTFÜHRUNGEN UND MORDE AUF DEM KERBHOLZ!

GERADE JETZT, NACHDEM WIR DIE FUSSBALL-WELTMEISTERSCHAFT VERLOREN HABEN!

SIE HABEN JA RECHT, HERR PRÄSIDENT! ABER WENN SIE GAR NICHTS TUN, KAUFT SICH NUN JEDER, EGAL OB ER DAFÜR ODER DAGEGEN IST, EIN GEWEHR UND KNALLT DEN ERSTBESTEN RECHTSÜBERTRETER AB, DER SICH AUCH NUR EIN, ZWEI SCHRITTE IN SEINEN VORGARTEN WAGT! IN NEUN VON ZEHN FÄLLEN KOMMT ABER GAR KEINER! DAS HEISST: ALLE VORGÄRTEN LIEGEN WIE AUSGESTORBEN DA! IRGENDWANN HABEN DIE LEUTE DANN DIE SCHNAUZE VOLL, GEHEN IN DIE KÜCHE - UND DA SPIELT SICH DANN EIN HÄUSLICHES DRAMA AB! SCHIESSEREI, BLUT, GEWALT! ABER NUR IN DER KÜCHE! IN DER STUBE LIEGT DIE TEURE AUSLEGWARE!

57% DER BEFRAGTEN SIND FÜR DIE EXEKUTION VON CANAR-DO!

WENN DAS SO WEITER-GEHT, MUSS ICH EINEN FAST UNSCHULDIGEN TÖTEN LASSEN!

KEINE GEFAHR! EGAL, WIE'S AUSGEHT: WIR RICHTEN TOBI HIN! DIE VERANSTALTUNG IST NICHT ÖFFENTLICH...

ABER WENN CA-NARDO REDET?

DAS SOLLTE MICH WUNDERN! ER IST LABIL! EINE NACHT IN DER ZELLE FÜR TODESKANDIDATEN MACHT AUS IHM EINEN SABBERNDEN IDIOTEN

DANN... AM NÄCHSTEN MORGEN...

ES IST SOWEIT...

UND WAS MACHEN WIR MIT DEM ANDEREN?

DEN LASS MAL! DER HAT SEINEN KOPF SCHON VERLOREN... HAHA!

SOKAL 78

HA HA HA

INSPEKTOR CANARDO IN: Die Sekte der Müll-Anbeter

ICH WEISS NICHT, WIE VIELE TAGE ICH SCHON DURCH DIE GEGEND IRRTE... ICH LITT FURCHTBAR UNTER DEM HUNGER UND DER KÄLTE...

FLITSCH FLATSCH

PLÖTZLICH ERTÖNTE VON EINEM HÜGEL AUS EINE MERKWÜRDIGE MUSIK.

DAS MUSSTE ICH GENAUER UNTERSUCHEN! DER AUFSTIEG WAR MÜHSAM...

EIN ERSTAUNLICHER ANBLICK...

RATTEN... MUSIZIERENDE RATTEN AUF DER MÜLLHALDE!

ÖFFENTLICHE MÜLLDE...

TRÖÖ
KLING
KLANG
BONG BONG
BONG
BANG
TRÖÖTT

HÄNDE HOCH, ODER ICH STECHE ZU!

?!

ERGG... EXTRA FE...

SPIONE, DIE DURCH IHRE UNWÜRDIGE ANWESENHEIT UNSERE HEILIGEN ZEREMONIEN ENTWEIHEN, WERDEN UNSEREM GOTT, DEM GROSSEN ABSCHAUM, GEOPFERT!

EIN GEFANGENER, BRÜDER! BEREITET DIE OPFERMESSE VOR!

??!?

①

?!

AAAAAARRGGHHnn

FURCHTBAR! SIE FALLEN UM WIE DIE FLIEGEN!

ICH KOMM' NOCH DRAUF... ICH KOMM' NOCH DRAUF...

RATTENGIFT! DER GROSSE ABSCHAUM HAT UNS DIE SCHWERSTE STRAFE ZUGEDACHT!

ICH WEISS, WAS ICH ZU TUN HABE...

AM BESTEN NICHT DRÜBER NACHGRÜBELN...

ADE, CANARDO!

JETZT HAB' ICH'S! HIMMEL, DAS IST...

AAAAAAARRG...

KLARA!

SOKAL 78

44

MEINE FRAU MARTHA HATTE IHRE ALTE FREUNDIN ROSI ZU BESUCH ...ZU MITTAG HABEN WIR FALSCHEN HASEN GEGESSEN...

STELL DIR VOR, ROSI, VIELLEICHT KRIEGT CANARDO IM BÜRO BALD EINE GEHALTSERHÖHUNG!

MARTHA LOBTE MICH WIEDER IN DEN HÖCHSTEN TÖNEN ... DAS WAR IHRE ART, SICH BEI MIR FÜR DIE ZEHN JAHRE STILLEN EHEGLÜCKS ZU BEDANKEN...

DER CHEF HAT GESAGT: "CANARDO, ZEHN JAHRE IM BETRIEB, DAS IST SCHON EINE KLEINE BELOHNUNG WERT!"

ACH, MARTHA! WAS FÜHRT IHR BEIDEN DOCH FÜR EIN BESCHAULICHES, GLÜCKLICHES LEBEN!

ICH DAGEGEN... VOR ZWEI WOCHEN IST UNSERE TOCHTER MIT IRGEND SO EINEM TYPEN ABGEHAUEN! MEIN MANN UND ICH SIND VÖLLIG VERZWEIFELT!

MARTHA WAR SCHON IMMER SO ETWAS WIE DIE BEICHTMUTTER FÜR UNSERE NACHBARN...

DAS NEUESTE FOTO, DAS WIR VON IHR HABEN...

SCHAU MAL, SCHATZ! SIEHT SIE NICHT SÜSS AUS, DIE KLEINE?

MARTHA ERWARTETE, DASS ICH JETZT ETWAS IN MEINEN BART BRUMMELTE, DAMIT SIE ROSI ZURAUNEN KONNTE: "ACH, DIE MÄNNER SIND ALLE GLEICH!"

DAS FOTO! NEIN, DAS IST UNMÖGLICH! DAS MÄDCHEN SAH AUS WIE KLARA... KLARA, MEINE JUGENDLIEBE.... ZEHN JAHRE NACH IHREM TOD KAM DIE ERINNERUNG ZURÜCK, UM MICH ZU QUÄLEN...

KLARA... JA, KLARA!! DAMALS... JUNG UND STATTLICH WAR ICH ...

ROSI, ICH SUCHE DEINE TOCHTER UND SPRECHE MIT IHR!

MARTHA WAR ÜBER MEINE REAKTION VERBLÜFFT, ABER ICH BRAUCHTE EINEN VORWAND, UM DIE WOHNSTUBE ZU VERLASSEN. EINE UNBEKANNTE KRAFT TRIEB MICH AN! ARME MARTHA, DAS KONNTE SIE NICHT VERSTEHEN...

SCHNELL HUSCHTE ICH HINAUF ZUM DACHBODEN! IN DER VERSTAUBTEN KISTE LAGEN SIE, SEIT ZEHN JAHREN UNBERÜHRT.

MEIN REVOLVER! MEIN ALTER TRENCHCOAT!

EINMAL NOCH! EINMAL NOCH DER BERÜHMTE INSPEKTOR CANARDO SEIN!

ICH SCHLICH MICH ZUR HINTERTÜR HINAUS, UM MARTHA NICHT ZU BEUNRUHIGEN ... ES WURDE DUNKEL... FREDDO HATTE BESTIMMT SCHON AUF ...

UND DANN HIESS ES: HOCH DIE TASSEN...SICH MAL WIEDER RICHTIG VOLLAUFEN LASSEN... WAS FÜR EIN LEBEN!

DAS LEBEN... WAS KLARAS KLEINE DOPPELGÄNGERIN DA MIT IHREM KERL IN IRGENDEINEM SCHMUTZIGEN MANSARDENZIMMER TRIEB...VIELLEICHT WAR DAS DAS LEBEN...

IRGENDWANN KANN MAN NICHT MEHR ZURÜCK... "INSPEKTOR CANARDO"... DAS WAR EINMAL... HEUTE GAB'S FÜR MICH NUR MARTHA, IHREN FETTEN ARSCH UND IHRE HAUSMANNS-KOST...

ICH WUSSTE JETZT, WAS ICH ZU TUN HATTE...

MACHT OHNE MICH WEITER! ICH BRAUCH' FRISCHE LUFT!

RAUS AUS DER STADT...

...UND DANN SCHLUSS MACHEN.

PANG

SOKAL79

Eine tolle Erbschaft

HALBNACKT STAND ICH AUF DER STRASSE... MUSS WOHL EINE GANZ SCHÖN DUMME FIGUR GEMACHT HABEN! DIE PASSANTEN KONNTEN SICH NICHT EINKRIEGEN VOR LACHEN...

DIE KLAMOTTEN VOM ALTEN! WAS ANDERES HAB' ICH JA NICHT!

SCHNELL AN EINEM RUHIGEN PLÄTZCHEN ANZIEHEN...

TELEFON

MUSSTE ICH AUS DIESER ZELLE KOMMEN? DAS FRAGE ICH MICH NOCH HEUTE!

HE! ES REGNET NICHT MEHR!

BAM

BAM

SIE HIELTEN MICH FÜR MEINEN ALTEN. NICHT SCHLECHT! ICH LIESS SIE IN DEM GLAUBEN...

CANARDO! ENDLICH! MENSCH, ALTER JUNGE! DASS DU ZURÜCK BIST!

ICH WEISS GAR NICHT, WIE ICH IN DIESER HERUNTERGEKOMMENEN, SCHMUTZIGEN BAR GELANDET BIN... TROCKENE KEHLE VOM VIELEN RAUCHEN... ES IST FÜNF UHR MORGENS. ELVIRA HAT SICHER DIE GANZE NACHT GEHEULT. NA JA, UNSER NACHBAR MOCHTE SIE SCHON IMMER GERN... SOLL ER MICH DOCH ERSETZEN!

MEINE PENSION KANN ICH WOHL ABSCHREIBEN... ABER DAFÜR HAB' ICH'S INTERESSANTER... ODER BESSER: WENIGER LANGWEILIG

HE, CHEF! NOCH EINEN WHISKY, ABER SAUBER GEZAPFT!

SOKAL 79

52

SOKAL

CANARDO

HOLLA! EIN PRACHT-KERL!

TJA! WIRK-LICH EIN PRACHT-EXEMPLAR, NICHT WAHR?

ER HAT DEN SCHÖNEN TITELSCHRIFT-ZUG PULVERISIERT

UNSERE ORGANISATION VERPASST JEDEM DER TYPEN EIN TIP-TOP-TRAINING! UNSERE GORILLAS WERDEN IN DIE GANZE WELT EXPORTIERT! ALLE WICHTIGEN STAATSCHEFS SIND UNSERE KUNDEN! WIR HABEN ABER AUCH KLEINE MODELLE ENTWICKELT! ETWA UM KANINCHENLÖCHER ZU BEWACHEN! ODER UM ZU VERHINDERN, DASS DER NACHBARSSOHN MIT SEINEM SKATEBOARD GEGEN IHREN WAGEN DÄTSCHT UND KRATZER IN DEN LACK MACHT!

LEIDER HABEN DIE ZEITEN SICH GEÄNDERT! UNSERE PRODUKTE WERDEN IMMER BESSER, ABER DIE TERRORISTISCHEN TENDENZEN NEHMEN AB! DAS SCHLÄGT AUFS GESCHÄFT!

AUCH MÜSSEN WIR HOHE MIETGEBÜHREN NEHMEN. DIE UNKOSTEN!... DIE KUNDEN GEHEN SO NACHLÄSSIG MIT DEN OBJEKTEN UM. SEHEN SIE ZUM BEISPIEL HIER!

?!

KURZUM: WIR WOLLEN DAS GESCHÄFT MIT EINER GROSSEN WERBEAKTION PUSHEN! DABEI SOLLEN SIE UNS HELFEN!

JA, VIELEN DANK, ABER...

DREHBEGINN IST IN EINER STUNDE! DANN GEHT'S RUND!

EINE STUNDE SPÄTER...

ALSO! WENN DAS AUTO HÄLT, SCHIESSEN SIE! RUFEN SIE DABEI WAS POLITISCHES!

NA GUT!... ABER MÜSSEN HIER SO VIELE LEUTE RUMSTEHEN?

UNBEDINGT! DAS SIND DIE STATISTEN! DIE SZENE SPIELT JA AUF OFFENER STRASSE! UNSERE WERBE-MESSAGE IST: 1. "DAS KANN AUCH IHNEN PASSIEREN!" - 2. "LEISTEN SIE SICH EINEN GORILLA - WIE DIE STARS UND MILLIARDÄRE!"

ES GEHT LOS! NUR MUT, MEIN BESTER!

GORILLOX

DIE UNVERRÜCKBAREN WERTE DES CHRISTLICHEN ABENDLANDES WERDEN IN DEN SCHMUTZ GETRETEN

HIMMEL! HAB' LAMPENFIEBER!

SIE SIND DURCH IHRE GESELLSCHAFTLICHE STELLUNG UND IHREN BERUF EIN BANNERTRÄGER DIESER WERTE...

KOMISCH... HAB' EIN SCHLECHTES GEFÜHL...

SIE SIND BEDROHT!

GUT GESCHAUSPIELERT!... BEI PLATZPATRONEN!...

BANG BANG BANG

ZU GUT!

55

VIELEN DANK, CANARDO... SIE WAREN SEHR GUT...

HA HA HA HA HA HA HA HA

goouuuiiiiii ooo

DIE BULLEN! ALLES IST AUS!

KANNST JETZT LOSLASSEN, GORILLA...WIR ÜBERNEHMEN DEN FALL!

KOMM!.. KLEINES PRIVATGE- SPRÄCH!

?

OKAY...NIE- MAND ZU SEHEN...

WAS...WAS SOLL DENN DAS

DU BIST FREI...

WAAS?

WENN WIR KOMMEN, IST ALLES SCHON GELAUFEN! MAN SERVIERT UNS DEN TÄTER AUF DEM SILBERTABLETT...DA- BEI GEBEN WIR KEINE GUTE FIGUR AB!

FREI...

DESWEGEN LASSEN WIR DICH ERST MAL LAUFEN!.. SPÄTER FANGEN WIR DICH DANN MIT STIL WIEDER EIN... AUF UNSERE ART! WENDIG, SCHLAGKRÄFTIG! DIE GANZE CHOSE HALT! SCHÜSSE UND TATÜTATA!...DAS IST UNSE- RE WERBUNG...

RIESENAKTIONEN! DAS WOLLEN DIE LEUTE HEUTE! KRIEG, ATOM- BOMBEN...DESWEGEN MACHEN WIR SO VIEL KRACH WIE MÖG- LICH MIT UNSEREN DIENSTREVOLVERN!

FREI...?

MIT LETZTER KRAFT SCHLAGE ICH AUF DIE TÜRKLINGEL...

DING...DONG

ZUCKIE HANDSCHUH IST 18 JAHRE ALT. MIT 18 HAT MAN NOCH TRÄUME...GERADE SIE. NUR SELTEN WAGT SIE SICH IN DIE HARTE WELT HINAUS.

?

OH!

SO REIN UND UNSCHULDIG ZUCKIE IST, DAS LEBEN HAT SIE NICHT GESCHONT. IHR VATER STARB VOR 10 JAHREN BEI EINEM FLUGZEUGUNGLÜCK. ER HAT IHR MÄNNERBILD GE-PRÄGT...

IHRE MUTTER (DIE BERÜHMTE SCHAUSPIELERIN VIOLETTA HAND-SCHUH) LEBT IN DER SCHWEIZ, DURCH EINE UNHEILBARE KRANK-HEIT AN DEN ROLLSTUHL GEFES-SELT. WENN ZUCKIE SIE BESUCHT, ERZÄHLT DIE ALTE DAME RÜHRSE-LIGE ANEKDOTEN ÜBER HANS ALBERS, HENNY PORTEN UND THEO LINGEN...

DER TRÜBE UND DOCH SO TIEFE BLICK DES FREMDEN VERWIRRT ZUCKIE...

"IST DAS LIEBE?" FRAGT SIE SICH, ALS DER FREMDE VOR IHREN FÜSSEN ZUSAMMENBRICHT...

ICH HÄTTE MIR DAS MÄDEL JA GLEICH GE-GRIFFEN (IHR BLICK SAGTE MIR ALLES!), ABER ICH WAR SO KAPUTT, DASS ICH NOCH VOR IHRER HAUSTÜR EINSCHLIEF...

DER ARME IST AM ENDE SEINER KRÄFTE! VIELLEICHT DIE AUF-REGUNG...?

58

ICH WACHTE IN EINEM WEICHEN BETT WIEDER AUF. SIE STAND MIT EINEM RIESENTABLETT VOLLER FRESSALIEN VOR MIR. UND DIESER BLICK... IHRE AUGEN LEUCHTETEN WIE EIN CHRISTBAUM!

ZUCKIE VERSUCHTE, IHR HEFTIG POCHENDES HERZ ZU BERUHIGEN...

RUHIG ZUCKIE! DU SPIELST MIT DEM FEUER! WEISST DU DENN, OB ER DICH WIRKLICH LIEBT?

SIE SETZTE SICH AUF DIE BETTKANTE. UNABSICHTLICH BERÜHRTE SIE DABEI DEN KÖRPER DES FREMDEN...

SEIN MÄNNLICH-RAUHES BENEHMEN VERWIRRT SIE ZUTIEFST...

CLITCH! HIPS! BURP! SLURP! BORPS! SCRATCH SCRONTCH BRODD

ER HAT NICHT REAGIERT, ALS ICH IHN BERÜHRTE! ...ICH BIN NOCH EIN KIND FÜR IHN! ER DAGEGEN... SO ERFAHREN, SO REIF...

VIELLEICHT SOLLTE ICH IHM MEIN HERZ ÖFFNEN...SELBER DEN ERSTEN SCHRITT TUN...

IHR GEWAGTER GEDANKE ERSCHRECKT ZUCKIE. BETROFFEN WILL SIE SICH ZUM GEHEN WENDEN, ALS...

HE, KLEINE! WAS IST MIT DEM NACHTISCH?

DER FREMDE NIMMT ZUCKIE IN SEINE STARKEN ARME. GIERIG NÄHERN SICH SEINE RUCHLOSEN LIPPEN DENEN DES ARMEN UNBERÜHRTEN MÄDCHENS. "HIMMEL! IST DAS DAS GLÜCK?" FRAGT SICH ZUCKIE.

HIMMEL! IST DAS DAS GLÜCK?